心に耳をすませて

Nitta Mayuki

仁田まゆき詩集

土曜美術社出版販売

詩集　心に耳をすませて＊目次

詩集　心に耳をすませて

*

早春

大女が身ぶるいして目を醒ます
背伸びし大地から水を汲みあげ
体のすみずみまで行き渡らせる
宿した蕾全部に授乳する
一つ残らず花咲くように

春先　樹々たちのいちずな営み
大地の鼓動が呼応する

春一番

喜びを伝えようと
大あわてなのです

命がけで逃げる猫のように
悲鳴だけ残して姿はみえません

でも　しっぽをつかんだようなもの
空気がかすかに温かい

体の細胞がぐいっとのびをして
笑みが自然にこぼれます

季節のはざま

虫の音が聞こえ
けいとうが咲く
連続真夏日の更新中

その最中《さなか》
突然　秋が来る
涼風《すずかぜ》にのって
無念がる夏を
容赦なくうっちゃる

夏と秋の押しずもう

チョウと食草

庭のスミレの葉を完全に食べつくした
ツマグロヒョウモンチョウの幼虫五匹
二匹は菊の葉裏にぶらさがる
さなぎになれない幼虫は
あてもないのに食草探しの旅に出る
鼻はきくのかい
目はよく見えるのかい
危険を省みず

一日たってもどってきた
スミレの茎にむしゃぶりつく

食草が限られるチョウの運命よ
海をわたるチョウがいる
蜜や食草を求めて

ひもじくておいしそうな葉を食べたとき
小さな進化が始まる
それはもう新種の誕生

庭に生まれたヒョウモンチョウ

羽化した蝶が動かない
右羽の先に　抜け殻がぶら下っている
取れるかもしれない
手を伸ばす
蝶は飛び立ち落下
殻がはずれた

土の上で　もう一度試す
そっと

左羽は　ソヨソヨと風に戯れ
右羽は　二枚が離れない

蝶はじっと思案した
そして決心した
閉じた羽を高々と上げ
木暗がりから
明るみに
か細い足
器に水を張ってさし出す
初めて見る世界
動けるっておもしろい

そのとき　一陣の風

枯れ葉をひっさらい　塀の隅に
蝶がいない！
息をのむ
青空が目を凝らす
枯れ葉の山からかすかな音
二本の触角が上がってくる
ひどいめに遭った
はにかみ笑いの蝶と目が合う

足は大丈夫だ
門扉をくぐり　溝の方へ
何がいるのかも知らず
進んでいく

いっぱい楽しむんだよ
送り出すより他なかった

蟬

ベランダに飛び込んできた
ひっくり返り
起きあがろうとして
羽根を床にたたきつける
すさまじい声をあげ
ひとり必死に闘っている
助け舟も役に立たず

あの声を何が汲み取ったのだろう

静けさの塊になった蟬は
天を仰いだまま
手足を曲げ
合わせるように
胸におく

祈りだ
闘い果てた蟬の
命をゆだねる祈り

体内時計は
蟬も人も
太古からつながっている
死と向きあう心も同じだった

白実南天

屋根の雪が落ち
白実南天の木が傾いてしまった
絶やしてはいけない
土を盛り　縄をかける
まっすぐ立たせようとするのに
木は抵抗する
左右に縛られ

窮屈になって
南天は長い間どう思っていたか

ある日
空へ空へと伸ばした木に
白い実をぎっしり垂れ下げ
見せてくれた
ブドウの房のような
朗らかな実り
初めて見る景色
鈴の音が響いてくる

なんとあたたかい便り
今度はこちらが支えられ

海の中でも

地引網で日本海を切り取った
網の中は日本海エリアの水族館
数十種類の魚が飛び跳ねる
小さなサメまでいる

ぼくはエイを両手で持ちあげた
日本海の底が見える
共存している魚たち
一匹一匹が自分の顔を持っていた

昼月

午後　陽は西寄り
雲のない空の真ん中に
白い衣裳をまとった貴婦人
凛とたたずむ
神々しいこと
ほれぼれする
上弦の月

半月後

朝　真上に下弦の月
心なしか小さく見える
陽は昇り　月は西へ
散歩をしながら追いかける

地球のまわりを回っている月
世界の人は毎日どこかですれちがう
マジックのように形を変え
まっ黒に隠れる
太陽と地球とのコラボレーション

昼月は見過ごしがち
出会えたときの
うれしいこと

高桐院にて

高桐院の門に立つ
庭のきらめきに息をのむ

一面の地苔
頭上をそよぐ若い楓
その柔らかい葉の間から
木洩れ日があふれる
苔の上にも
まるで光の舞台

しーんと静まる
枝のすき間を光が遊ぶ
　ゆらゆら
　くるくる
光の玉は踊る
中にどなたかおわすような

目を移す
とたん　幕が下りた
もう一度会いたい
必死に願っても叶わなかった

この庭のもうひとつの名は仏の道

めざめるとき

町はずれに突然あらわれる
広大な水たまり　代田《しろた》*
不意の出現は
稲妻となってわたしを射《い》
眠っている記憶を揺さぶる

代田は悠然と泥水をたたえる
さざ波が走り
雲が流れ
景色が落ちているのに

音がしない
しっとり
静まりかえる
不思議な空間が
両手をさしのべてくる
体を丸くして預けたい

命のはじまりのとき
体と心の記憶なのか
熱いものがほとばしる
わたしは慌て
腹に空気をたっぷり送り
めざめをそっと包み込む

＊ 代田　田植えの準備のととのった田

*

ことば

築いてきたものを
一瞬のうちに全て失う
立ちあがる気力を
失ってしまいそうな人に
一枚のポスターは呼びかける

「今までのあなたと
ちがった生き方をしてみませんか」

逝ったばかりの父を
追うように入院した
母を見舞うため
この町を通る私に
このポスターは呼びかける

「今までのあなたと
　ちがった生き方をしてみませんか」

ことばは命を得て
私の内《なか》にそっと宿る
じっと私を見つめ
時々　力一杯蹴りあげる

魔法のことば

左眉の半分　形いいですね
初めて聞くほめことば
目が輝く

一部分の小さな事実を取りあげ
あたかも全体のように響かせた
この口上

薄くて

少くて
有るか無きかの眉
悩みの種

営業上の知恵
と　みんないう
そうに違いない

でも
あの体験は真実
あきらめていることにかけられた
魔法のことば
今なお
心の中で温かい

時代の贈り物

鳥瞰的に己を見よ
そう言いきかせても容易でない
それはかなわぬ願望であった

ところが
時代が
いとも簡単に
いとも手軽に
かなえてしまった

デジタルカメラの動画
見なれた家族の中に
見なれない己の姿がある
聞きなれない声が
はずれたことをしゃべっている

初めて見たときの後ずさり
意外だった
ガッカリだった

横目でこわごわ見つづける
両目でしっかり追いかける
笑った

臆病

車を長く運転すると
腕が泣き出します

老人が真顔でいう
もっと使わなあきませんな

とんでもない
自転車事故のおきみやげ
あの手

この手で
なだめてもっているのです

　動かすのは
　気持ちやからね

あるとき
責任感がむくっと起きあがり
いいわけを諭す
みんなに代わり
重い土を運ぶ
自転車に乗せて
後で
やさしく

腕をまわし
のばし
甘夏や黒酢やチョコレートで
ねぎらう

腕は正直に訴えてくるもの
キュルキュル
いつもの鈍い音はどこへ行った?

みんなのありがとうが
効いてますな

そのものの中に

「筋肉のバランスがくずれている」
事故のせいとあきらめていた
それを揺るがすかもしれない
強いひびき

首の運動
バランスを整えるという

二回ずつではなく
何度も続ける
心地よくてとまらない
弛んでいたネジが
ぐいぐいしまり
暴走していた
右腕の筋肉
収束していくような

長い間の手さぐり
答は自分の中にあった

ハイハイする赤ん坊が
首をしきりに左右に振る

舌をペロペロ長く出す
ああ　人には組み込まれているのだ
それが
しだいに忘れられる

命あるものに潜む
貪欲なまでのエネルギー
心を意識を
そのベクトルにあわせれば
環境を整えれば
どこまで伸びていくのだろう
どれほど引き出せるのだろう

相棒よ

三ヵ月以内なら治ります
黄斑円孔になってしまった右目
物の一部が壊れたように
ささくれ立つ

六十過ぎると
許可が下りたようにやってきた
今までやり過ごせてきたことが
重なって連鎖して

昔なら我慢するしかなかった
人の手が触れられない聖域
今はガスの力で孔を閉じる
しかし　期待のし過ぎは禁物
網膜はもはや元のままではない
水ガラスを通したような像を映す

目はさいわい二つある
左目という頼りがいのある相棒
かけがえのない支え
相棒よ
穏やかであれ
まだ世の中を真っすぐに見ていたい

そのときわたしのもとに

この世に初めて生まれた
青いバラ
まっ青な空の
群青の
深い海の
いろんな青が
花びらになった

1／300、一枚目

一枚目に出会った
希望を探していた

うつむきかげんに歩く
問われるのを避け
こちらから語ることもせず
小さな兆しを
灯りととらえたい
心細いわたし

そのとき
この画がわたしのもとに

見えるがまま
感じるがまま
あるがまま
青いバラは
そういって
心に下りてきた

風にのって

広い歩道に向かって
自転車に乗る
首が寒い
ファスナーに手をかける
そのとき
いきなり老人が目の前を突っ切る
つんのめるような速足
体を前傾に
顔はまっすぐ前を向き

悲鳴をあげ倒れる老人
詫びうろたえるわたし
慌てふためく人々
困惑し心配する家族

それらを霧散させ
うなるような吐息にかえた
　一秒前のブレーキ

老人とわたしの
とてつもなく大きな
　岐路になるブレーキ

何人《なにびと》が
風にのってささやいたか

その場に突っ立つ
いつもと変わらない景色
その中に
さざ波を
見た

*

思い

男は思う
　ぼくの目が
　子どもの目の横に
　ついていたらいいのに
　そうすれば
　彼らが
　何を見て笑い
　何を見て怒り
　何を見て悲しむか

一緒に感じることができるのに

男は温めていたい
父親を知らない男
の父の座を
時にふわっとかわされる
はっとする
けれどまたふくらます
懲りもせず

子どもたちは　今
自分の足で
二十歳《はたち》のまわりを
ふみしめている

成人式の朝

父親から息子へ
初めてのネクタイの手ほどき
首もとを流れる温かい空気
心地よさそうな顔が二つ
眼を合わさずに向きあっている

思いがけない息子の頼み
結び終えると
男はソファの隅で
両肩にさざ波をたてている

男の父は三十六で逝った
男の兄も三十六で逝った
共に　幼い息子を遺し

ただ一人できた
息子へのはなむけ
かみしめる喜び
そして
何人分ものさびしさ
どっとあふれ

朝の光が
背中を包んでいる

あれは何だったか

少年の右膝十字靭帯断裂
十五歳の手術まで六年間温存

父の教えた技をそのとおりやってのけた

自分がさせてしまった
父は必死に探る
回復の道を
本を読み

血が通いにくいその所に向けて
祈りをこめてマッサージ
画像のかすかな望みにくいさがり
心が折れないよう気を配る

ひと月後たどりついたリハビリ
「切れていない」

不合格が合格になった
奇跡がおきた
あれは何だったたか
父も見た
膝の皿はぐいっと動いたのだ

家族はひとつになって山を登った
そこで見た見慣れぬ景色
しみ入るやさしさ　ありがたさ
傷つくことも

少年は少し大人の声になり
父は更にリハビリを学ぶ

わたしのかかりつけ医
しばしばこぼす
「ようわからん」
「治療は小さな助け
　治すのは自然治癒力」
信頼して預けている

指先

ふうちゃんは三ヵ月
手足の指をすごい力で曲げている
その力がずっと続いている

六十五歳の指先にそんな力はない
いつも弛緩している
だから
つまずきそうになったり
取った物を落としたり

力いっぱい指を曲げてみる
しびれる
はたと気づく
意志をこめること

体が傾きかける
親指でふんばる
指に力を入れて箸を持つ
箸の先まで意志が通う

目覚めよ指先
ふうちゃんに教えてもらった
指先の力

思わず

男の子が
わたしの手を
ツンツンする

柔らかい　小さな手

触れる！

ソーシャルディスタンスの風続き

忘れていた
笑みがほとばしる
生き返ったような愉快
抑えられていたものが吹き出す

あいさつはひじで
口は閉じ
考えることもどこか閉ざして
太陽をもうひとめぐり

その日
男の子はうれしすぎた
わたしたちは
思わず　近付いてしまった

間に合った

変わったでしょ？
いいえ　昔のまま

遠くにいても
タフタフと
流れてくるまなざし
その変わらないまなざしで
つながっている

どこか自らしばっていた
少しずつ
長くかかって
ゆるくなる

久々の出会い

ことばがあふれ出す
さえぎるものが
何もない
タフタフと
流れているまなざしを
ことばが
もっと確かにする

間に合った
見つけた新しい引き出し

この明かりを
掲げて
生きていける

*

真っすぐに

ある理不尽な扱いを受け
あなたは強く怒《いか》っている
落ち込まず

ところが
誰もいない部屋で
あぐらをかき
腕を組み
頭《こうべ》を垂れて

じっと一点をみつめている
自分と対峙しているのだ

ごめんなさい
見てしまった

途方にくれていた
私の中の何かが目覚め
強い力がわいてくる
聞き役だけではなく
私が護ってあげると

それからだ
あなたが変わったのは

慢心を真っすぐみつめ
悟ったようなやさしさがあふれる

それからだった
私が変わったのは
長い間他人《ひと》を恐るおそる眺めていた
ハズカシイと感じすぎる得体の知れない物
体からするりと抜け出す
あまりの身軽さ
心がふわふわ飛びまわる

やっと生き心地がつく

「自然体になってきたね」

自然の片隅で

怖がっている場合ではない
時間が三分の一になるのなら
勇気をふるいおこそう
ライセンスはアルバムの中で眠っている

「ありがとう」
何度もあなたはいう
ドライバーはわたしの仕事
就職したようなもの

お給料は
ひなたの匂い
空の色
行きかう車と会話する

あなたの中を流れる血は激しく
包む体はおっつかない
つっかえ棒になろう
足もとを照らしてくれる人よ
支えあって気づく
空気がまろやかになることを
逆らえない自然の流れのなかで
心はたくましくなることを

異なる二つの心が近づき重なる
までの出来事
海に流れて
雲になる
風になる

小さな偶然から

まだ若かった
迷わなかった
体が弱いと聞こえてきたが
気にしなかった

とにかくおしゃべり
呟き込みながらも話し続ける
引き出そうとする
やさしさもあった

恥ずかしがりのわたしが
自分を語り始める

命と引き換えに
才能を望んだという
交換しなくてよかった
今も一途に励み
おしゃべりしながら
散歩ができる

あれによい
これによい
と　取り入れて
たどりついた七十路

ゆっくり
一歩前へ
行き着く所まで

何より

「お父さんの笑顔いいですね」

写真におさまるときの
人と話すときの
とびきりの笑顔

その笑顔
イライラが昂じると
鬼の形相

雷も落とす
家族は呆れはて
ことばもない

しかし
この形相
正義が加わると
力を発揮
声も活き
いじめの現場
取り囲む悪友どもを蹴散らす
体の大きな男が静かに立ち去る

年老いて

笑顔はようやく家庭の中に
家族の安らぎ
会話がはずむ
手足が伸びる

安心が何より

*

きっかけ

誰かのことを
考えている

すると
ひょいと
浮かんでくる

今を打ち破る
明るく

温かい
もの

もう一度考える
心が華やぐ
届けに行こう

トーントンと
ノックする

あとがき

はじめての詩集です。

「詩と思想」の先輩に投稿を勧められ、それ以来雑誌と『詩人集』（二〇一二年から）に二十九年、細々と書きためたものです。心にとまったことを、その感じた心に耳をすませて書く、そして休まず送る、それが私の目標であり励みでした。

ところが最近、詩集という形が頭をかすめるようになっていました。今回の創刊五十周年企画出版へのお誘いは、奇遇のような驚きと共に、背中を押して下さることになりました。

「詩と思想」との出会いと同じ頃、読書会から出発した多ジャンルの同人誌「たまゆら」に所属しました。その後、そこに集まっていた人を中心に七名程で、読書会と書いた作品を持ちよる会ができ、現在に至っています。

詩集を編む作業の中で、詩を見直せたことは幸いでした。まさに私の成長の記録です。タイトルは、作詩の姿勢からとりました。

詩集を五つに分けました。

はじめは、自然とのふれあいから。

次は、自分自身のこと。

次は、心配し喜び支えてもらった家族や友人。

次は、長く共に歩んできた夫とのこと。

最後の一篇は、明るく締めくくりたいと思いました。

今日まで、私を導き支えて下さった方々、本当にありがとうございます。

そして、友人、家族に感謝します。

最後になりましたが、初めての出版にあたり、高木祐子様には大変お世話になりました。心からお礼申し上げます。

二〇二三年四月

仁田まゆき

著者略歴

仁田まゆき（にった・まゆき）

1948年　兵庫県生まれ

現住所　〒567-0805　大阪府茨木市橋の内3-12-9

詩集　心《こころ》に耳《みみ》をすませて

発行　二〇二三年六月三十日

著者　仁田まゆき
装丁　直井和夫
発行者　高木祐子
発行所　土曜美術社出版販売
〒162-0813　東京都新宿区東五軒町三―一〇
電話　〇三―五二二九―〇七三〇
FAX　〇三―五二二九―〇七三二
振替　〇〇一六〇―九―七五六九〇九
印刷・製本　モリモト印刷
ISBN978-4-8120-2768-4　C0092